Zu diesem Buch

1945, unmittelbar nach der Befreiung Frankreichs durch die Alliierten, reiste Sartre zum erstenmal in die USA. Sein 1946 uraufgeführtes Stück *Die respektvolle Dirne* brachte ihm dann den Vorwurf des Antiamerikanismus und der Undankbarkeit gegenüber den Befreiern von den Nazis ein. Sein Stück fußt jedoch unter anderem auf einem Fall von 1931, der in der Weltöffentlichkeit Aufsehen erregt hatte: In Scottsboro (Alabama) wurden neun Schwarze der Vergewaltigung von zwei weißen Prostituierten angeklagt und auf den elektrischen Stuhl geschickt, obwohl die beiden Prostituierten auf Grund verschiedener Pressionen ihre Aussagen mehrfach geändert hatten. In einem Brief an die *New York Herald Tribune* und in seinem hier abgedruckten Vorwort zur amerikanischen Ausgabe wies Sartre den Vorwurf des Antiamerikanismus zurück: «Es hieß, ich sei antiamerikanisch. Das bin ich nicht. Ich bin antirassistisch. Meine amerikanischen Freunde sind ebenfalls antirassistisch.» – Über seinen unmittelbaren Versuch hinaus, angesichts des Rassismus in den USA die Weltöffentlichkeit aufzurütteln, bot dieser Stoff Sartre Anlaß, auf fesselnde Weise eines seiner Schlüsselthemen zu behandeln: Auch unter äußersten Pressionen ist jeder Mensch für sein Handeln voll verantwortlich. Es gibt keine Entschuldigungen.

Jean-Paul Sartre wurde am 21. Juni 1905 in Paris geboren. Mit seinem 1943 erschienenen philosophischen Hauptwerk *Das Sein und das Nichts* wurde er zum wichtigsten Vertreter des Existentialismus und zu einem der einflußreichsten Denker des 20. Jahrhunderts. Seine Theaterstücke, Romane, Erzählungen und Essays machten ihn weltbekannt. Durch sein bedingungsloses humanitäres Engagement, besonders im französischen Algerien-Krieg und im amerikanischen Vietnam-Krieg, wurde er zu einer Art Weltgewissen. 1964 lehnte er die Annahme des Nobelpreises für Literatur ab. Er starb am 15. April 1980 in Paris.

Jean-Paul Sartre

Gesammelte Werke in Einzelausgaben

In Zusammenarbeit mit dem Autor
und Arlette Elkaïm-Sartre
begründet von Traugott König,
herausgegeben von Vincent von Wroblewsky

Theaterstücke
Band 5

Romane und Erzählungen
Theaterstücke
Drehbücher
Philosophische Schriften
Schriften zur Literatur
Schriften zu Theater und Film
Schriften zur bildenden Kunst und Musik
Politische Schriften
Autobiographische Schriften
Tagebücher
Briefe
Reisen

Jean-Paul Sartre

Die respektvolle Dirne

Stück in einem Akt und zwei Bildern

Neuübersetzung von
Andrea Spingler

rororo
Rowohlt

Die Neuübersetzung folgt der 1947
bei Librairie Gallimard, Paris, erschienenen Ausgabe
«La putain respectueuse» in *Théâtre, I*
Die deutsche Erstausgabe erschien
im Rowohlt Verlag GmbH, Stuttgart, 1949
Bibliographische Hinweise im Anhang Seite 51
Umschlaggestaltung Werner Rebhuhn

309.–311. Tausend Mai 1998

Neuauflage veröffentlicht im Rowohlt Taschenbuch Verlag GmbH,
Reinbek bei Hamburg, Januar 1987

Satz Aldus (Linotron 202)
Gesamtherstellung Clausen & Bosse, Leck
Printed in Germany
ISBN 3 499 15838 8

Für Michel und Zette Leiris

Personen

Lizzie
Der Neger
Fred
John
James
Der Senator
1. Mann
2. Mann
3. Mann

Ein möbliertes Zimmer irgendwo in den Südstaaten Amerikas

ERSTES BILD

Ein Zimmer in einer Stadt der amerikanischen Südstaaten. Weiße Wände. Ein Sofa. Rechts ein Fenster, links eine Tür (Badezimmer). Im Hintergrund ein kleiner Vorraum mit der Eingangstür.

Erste Szene

Lizzie, dann der Neger

Bevor der Vorhang aufgeht, Sturmgeräusche auf der Bühne. Lizzie ist allein, im Hemd, sie hantiert mit dem Staubsauger. Es klingelt. Sie zögert, schaut zur Badezimmertür. Es klingelt wieder. Sie macht den Staubsauger aus, geht zur Badezimmertür und öffnet sie einen Spalt.

Lizzie *halblaut*: Es klingelt, laß dich nicht sehen. *Sie macht auf. Im Türrahmen erscheint der Neger. Er ist dick und groß und hat weiße Haare. Er steht steif da.* Was ist los? Sie müssen sich in der Adresse geirrt haben. *Pause.* Was wollen Sie denn? Reden Sie doch.

Der Neger *flehend*: Bitte, Madam, ich bitte Sie.

Lizzie: Worum? *Sie sieht ihn genauer an.* Wart mal. Warst du das im Zug? Bist du ihnen entkommen? Wie hast du meine Adresse rausgefunden?

Der Neger: Ich habe nach ihr geforscht, Madam, ich habe überall nach ihr geforscht. *Er will eintreten.* Bitte!

Lizzie: Komm nicht rein. Ich habe Besuch. Also, was willst du?

Der Neger: Ich bitte Sie.

Lizzie: Aber worum? Worum? Willst du Geld?

Der Neger: Nein, Madam. *Pause.* Bitte, sagen Sie ihm, daß ich nichts getan habe.

Lizzie: Wem?

Der Neger: Dem Richter. Sagen Sie es ihm, Madam. Bitte, sagen Sie es ihm.

Lizzie: Gar nichts werde ich sagen.

Der Neger: Bitte.

Lizzie: Gar nichts. Ich habe genug Scherereien in meinem eigenen Leben, ich will mir nicht auch noch die der anderen aufhalsen. Hau ab.

Der Neger: Sie wissen, daß ich nichts getan habe. Habe ich etwas getan?

Lizzie: Du hast nichts getan. Aber ich gehe nicht zum Richter. Von Richtern und Bullen hab ich die Nase voll.

Der Neger: Ich habe meine Frau und meine Kinder verlassen, ich bin die ganze Nacht herumgeirrt. Ich kann nicht mehr.

Lizzie: Verlaß die Stadt.

Der Neger: Sie lauern in den Bahnhöfen.

Lizzie: Wer lauert?

Der Neger: Die Weißen.

Lizzie: Welche Weißen?

Der Neger: Alle Weißen. Waren Sie heute morgen noch nicht draußen?

Lizzie: Nein.

Der Neger: Es sind viele Leute auf der Straße. Junge und alte; sie sprechen sich an, ohne sich zu kennen.

Lizzie: Was soll das bedeuten?

Der Neger: Das bedeutet, daß mir nichts anderes übrigbleibt, als herumzuirren, bis sie mich fangen. Wenn Weiße, die sich nicht kennen, plötzlich miteinander reden, dann muß ein Neger sterben. *Pause.* Sagen Sie, daß ich nichts getan habe, Madam. Sagen Sie es dem Richter; sagen Sie es den Zeitungsleuten. Vielleicht drucken sie es. Sagen Sie es, Madam, sagen Sie es! Sagen Sie es!

LIZZIE: Schrei nicht. Ich habe Besuch. *Pause.* Die Zeitung kannst du vergessen. Ich darf im Moment keine Aufmerksamkeit erregen. *Pause.* Wenn sie mich zwingen auszusagen, versprech ich dir, daß ich die Wahrheit sage.

DER NEGER: Sie werden ihnen sagen, daß ich nichts getan habe?

LIZZIE: Ich werde es ihnen sagen.

DER NEGER: Schwören Sie das, Madam?

LIZZIE: Ja, ja.

DER NEGER: Beim lieben Gott, der uns sieht?

LIZZIE: Mach bloß, daß du wegkommst. Ich verspreche es dir, das muß genügen. *Pause.* Geh! Hau ab!

DER NEGER *unvermittelt*: Bitte, verstecken Sie mich.

LIZZIE: Dich verstecken?

DER NEGER: Sie tun es doch, Madam? Sie tun es doch?

LIZZIE: Dich verstecken! Ich? So was! *Sie schlägt ihm die Tür vor der Nase zu.* Bloß keinen Ärger. *Sie wendet sich zum Badezimmer.* Du kannst rauskommen.

Fred kommt in Hemdsärmeln, ohne Kragen und Krawatte aus dem Bad.

ZWEITE SZENE

Lizzie, Fred

FRED: Was war das?

LIZZIE: Nichts.

FRED: Ich dachte, es wäre die Polizei.

LIZZIE: Die Polizei? Hast du mit der Polizei zu tun?

FRED: Ich nicht. Ich dachte, sie käme deinetwegen.

LIZZIE *beleidigt*: Na, hör mal! Ich habe noch niemandem was geklaut.

FRED: Und du hast nie mit der Polizei zu tun gehabt?

LIZZIE: Jedenfalls nicht wegen Diebstahl. *Sie betätigt wieder den Staubsauger. Draußen Gewitter.*

FRED *von dem Lärm genervt*: Aah!

LIZZIE *schreiend, um sich verständlich zu machen*: Was ist los, Liebling?

FRED *schreiend*: Mir platzt das Trommelfell.

LIZZIE *schreiend*: Ich bin gleich fertig. *Pause.* So bin ich eben.

FRED *schreiend*: Was?

LIZZIE *schreiend*: Ich sage, so bin ich eben.

FRED *schreiend*: Wie?

LIZZIE *schreiend*: So. Am nächsten Morgen, da kann ich nicht anders: Da muß ich ein Bad nehmen und staubsaugen. *Sie hört auf zu saugen.*

FRED *aufs Bett zeigend*: Wenn du schon dabei bist, deck es zu.

LIZZIE: Was?

FRED: Das Bett. Ich sage, deck es zu. Es riecht nach Sünde.

LIZZIE: Nach Sünde? Wo hast du denn das her? Bist du Pastor?

FRED: Nein. Warum?

LIZZIE: Du redest wie die Bibel. *Sie schaut ihn an.* Nein, du bist kein Pastor; du bist zu gepflegt. Laß mal deine Ringe sehen. *Bewundernd:* Oho! Oho! Bist du reich?

FRED: Ja.

LIZZIE: Sehr reich?

FRED: Sehr.

LIZZIE: Um so besser. *Sie legt ihm die Arme um den Hals und hält ihm den Mund hin.* Ich finde, für einen Mann ist es besser, reich zu sein, das ist vertrauenerweckend. *Er zögert, sie zu küssen, und wendet sich ab.*

FRED: Deck das Bett zu.

LIZZIE: Gut. Gut, gut! Ich decke es zu. *Sie deckt es zu und lacht vor sich hin.* «Es riecht nach Sünde!» Darauf wäre ich nicht gekommen. Aber es ist doch d e i n e Sünde, mein Liebling. *Gebärde von Fred.* Ja, ja, es ist auch meine. Aber ich habe so viele auf dem Gewissen... *Sie setzt sich aufs Bett und zwingt Fred, sich neben sie zu setzen.* Komm. Komm, setz dich auf unsere Sünde. Das war eine schöne Sünde, hm? Eine nette Sünde. *Sie lacht.* Schlag doch nicht die Augen nieder. Mach ich dir angst? *Fred zieht sie brutal an sich.* Du tust mir weh! Du tust mir weh! *Er läßt sie los.* Komischer Kerl! Du siehst nicht freundlich aus. *Pause.* Sag mir deinen Vornamen. Du willst nicht? Weißt du, es stört mich, daß ich deinen Vornamen nicht weiß. Das wäre das erste Mal. Den Familiennamen sagen sie selten, und das verstehe ich. Aber den Vornamen! Wie soll ich euch denn auseinanderhalten, wenn ich eure Vornamen nicht weiß? Sag ihn mir, Liebling, sag ihn mir!

FRED: Nein.

LIZZIE: Dann bist du der Herr ohne Namen. *Sie steht auf.* Warte. Ich will noch fertig aufräumen. *Sie stellt ein paar Dinge um.* So. So. Alles ist ordentlich. Die Stühle im Kreis um den Tisch: Das ist vornehmer. Kennst du nicht einen Kunsthändler? Ich möchte Bilder an die Wand hängen. Ich habe eins in meinem Koffer, ein schönes. ‹Der zerbrochene Krug› heißt es; man sieht ein junges Mädchen; sie hat ihren Krug zerbrochen, die Arme. Es ist französisch.

FRED: Was für einen Krug?

LIZZIE: Ich weiß nicht: ihren Krug. Sie muß einen Krug gehabt haben. Ich möchte eine alte Großmutter als Gegenstück. Sie sollte stricken oder ihren Enkeln eine Geschichte erzählen. Ach, ich will die Vorhänge aufziehen und das Fenster öffnen. *Sie tut es.* Wie schön es ist! Ein neuer Tag fängt an. *Sie streckt sich.* Ah, ich fühle mich wohl; es ist schönes Wetter, ich habe ein schönes Bad genommen, ich habe gut gevögelt; wie gut es mir geht, wie gut ich mich fühle! Komm, sieh dir meine Aussicht an, komm: Ich habe eine schöne Aussicht. Nichts als Bäume, das sieht nach Reichtum aus. Du mußt zugeben, ich habe Schwein gehabt: Auf Anhieb habe ich ein Zimmer in einer besseren Gegend gefunden. Kommst du nicht? Du magst deine Stadt also nicht?

FRED: Ich mag sie aus meinem Fenster.

LIZZIE *plötzlich*: Es bringt doch kein Unglück, beim Aufwachen einen Neger zu sehen?

FRED: Warum?

LIZZIE: Ich... Auf dem Trottoir drüben geht einer vorbei.

FRED: Neger zu sehen bringt immer Unglück. Neger sind Teufel. *Pause.* Schließ das Fenster.

LIZZIE: Soll ich nicht lüften?

FRED: Ich sage, schließ das Fenster. Gut. Und zieh die Vorhänge zu. Mach das Licht wieder an.

LIZZIE: Warum? Wegen der Neger?

FRED: Dummes Schaf.

LIZZIE: Die Sonne scheint so schön.

FRED: Keine Sonne hier. Ich möchte, daß dein Zimmer so bleibt, wie es heute nacht war. Schließ das Fenster, sag ich dir. Die Sonne habe ich draußen wieder. *Er steht auf, geht zu ihr und schaut sie an.*

LIZZIE *leicht beunruhigt*: Was ist los?

FRED: Nichts. Gib mir meine Krawatte.

LIZZIE: Sie ist im Badezimmer. *Sie geht hinaus, Fred zieht rasch die Schubladen des Tischs auf und stöbert darin herum, Lizzie kommt mit der Krawatte zurück.* Da! Warte. *Sie bindet ihm den Knoten.* Weißt du, ich habe nicht oft Laufkundschaft, denn da sieht man zu viele neue Gesichter. Mein Ideal wäre, für drei oder vier Personen eines gewissen Alters zur lieben Gewohnheit zu werden; einer dienstags, einer donnerstags, einer am Wochenende. Ich will dir mal was sagen: Du bist ein bißchen jung, aber du wirkst seriös; falls es dich juckt. Gut, gut, ich sage nichts mehr. Denk darüber nach! So! So! Du bist schön wie ein Stern. Küsse mich, mein Hübscher; küsse mich für meine Mühe. Willst du mich nicht küssen? *Er küßt sie jäh und brutal und stößt sie dann von sich.* Uff!

FRED: Du bist der Teufel.

LIZZIE: Wie?

FRED: Du bist der Teufel.

LIZZIE: Schon wieder die Bibel! Was hast du denn?

FRED: Nichts. Ich habe Spaß gemacht.

LIZZIE: Du hast eine komische Art, Spaß zu machen. *Pause.* Bist du zufrieden?

FRED: Zufrieden womit?

LIZZIE *imitiert ihn lächelnd*: Zufrieden womit? Wie dumm du bist, mein Kleiner.

FRED: Ach so, ja... Sehr zufrieden. Sehr zufrieden. Wieviel willst du?

LIZZIE: Wer redet denn davon? Ich frage dich, ob du zufrieden bist, da kannst du mir doch freundlich antworten. Was ist los? Bist du nicht richtig zufrieden? Das würde mich aber wundern, weißt du, das würde mich wundern.

FRED: Halt die Klappe.

LIZZIE: Du hast mich fest an dich gepreßt, ganz fest. Und dann hast du mir ganz leise gesagt, daß du mich liebst.

FRED: Du warst besoffen.

LIZZIE: Nein, ich war nicht besoffen.

FRED: Doch, du warst besoffen.

LIZZIE: Ich sage dir doch, nein.

FRED: Jedenfalls war ich es. Ich erinnere mich an nichts.

LIZZIE: Schade. Ich zog mich im Badezimmer aus, und als ich zu dir zurückkam, wurdest du ganz rot, erinnerst du dich nicht? Auch nicht, daß ich gesagt habe: «Da bin ich, mein Krebs»? Erinnerst du dich nicht, daß du das Licht ausmachen wolltest und daß du mich im Dunkeln geliebt hast? Ich fand das nett und respektvoll. Erinnerst du dich nicht?

FRED: Nein.

LIZZIE: Und als wir spielten, wir wären Babies und lägen zusammen in der Wiege? Erinnerst du dich daran?

FRED: Ich sag dir, halt die Schnauze. Was man nachts tut, gehört der Nacht. Am Tag spricht man nicht davon.

LIZZIE *herausfordernd*: Und wenn es mir gefällt, darüber zu sprechen? Es hat mir nämlich Spaß gemacht, weißt du.

FRED: Ach, es hat dir Spaß gemacht. *Er geht auf sie zu, streichelt ihr zärtlich die Schultern und umschließt mit seinen Händen ihren Hals.* Das macht euch immer Spaß, wenn ihr glaubt, einen Mann eingewickelt zu haben. *Pause.* Ich habe sie vergessen, deine Nacht. Völlig vergessen. Ich sehe das Tanzlokal noch vor mir, das ist alles. An das übrige erinnerst nur du dich, du allein. *Er drückt ihr die Kehle zu.*

LIZZIE: Was machst du?

FRED: Ich drücke dir die Kehle zu.

LIZZIE: Du tust mir weh.

FRED: Du allein. Wenn ich noch ein bißchen fester drücken würde, gäbe es niemanden mehr auf der Welt, der sich an diese Nacht erinnern könnte. *Er läßt sie los.* Wieviel willst du?

LIZZIE: Wenn du es vergessen hast, dann habe ich schlecht gearbeitet. Ich will nicht, daß du für schlechte Arbeit bezahlst.

FRED: Mach keine Geschichten. Wieviel?

LIZZIE: Hör doch; ich bin seit vorgestern hier, du bist der erste, der mich besucht, der erste kriegt mich umsonst, das bringt Glück.

FRED: Ich brauche deine Geschenke nicht. *Er legt einen Zehn-Dollar-Schein auf den Tisch.*

LIZZIE: Ich will deinen Lappen nicht, aber ich werde sehen, wie hoch du mich veranschlagst. Warte, laß mich raten. *Sie nimmt den Schein und schließt die Augen.* Vierzig Dollar? Nein. Das ist zuviel, und außerdem wären es zwei Scheine. Zwanzig Dollar? Auch nicht? Also, dann sind es über vierzig Dollar. Fünfzig. Hundert? *Während der ganzen Zeit betrachtet Fred sie, still vor sich hinlachend.* Egal, ich mache die Augen auf. *Sie schaut den Schein an.* Hast du dich nicht geirrt?

FRED: Ich glaube nicht.

LIZZIE: Weißt du, was du mir gegeben hast?

FRED: Ja.

LIZZIE: Nimm es wieder. Nimm es sofort. *Er macht eine ablehnende Gebärde.* Zehn Dollar! Zehn Dollar! Du kannst mich mal, ein Mädchen wie mich für zehn Dollar! Hast du meine Beine gesehen? *Sie zeigt sie ihm.* Und meine Brüste, hast du sie gesehen? Sind das Brüste für zehn Dollar? Nimm deinen Schein und zieh ab, bevor mich die Wut packt. Zehn Dollar! Der Herr hat mich überallhin geküßt, der Herr wollte immer noch mal, der Herr hat mich gebeten, ihm von meiner Kindheit zu erzählen; und heute morgen hat sich der Herr eine schlechte Laune geleistet, er hat ein Gesicht gemacht, als würde er mich monatlich bezahlen; all das für wieviel? Nicht für vierzig, nicht für dreißig, nicht für zwanzig – für zehn Dollar.

FRED: Für eine Sauerei ist das reichlich.

LIZZIE: Selber Sau! Wo kommst du denn her, du Bauer? Deine Mutter muß ja eine schöne Schlampe gewesen sein, wenn sie dir nicht beigebracht hat, die Frauen zu respektieren.

FRED: Jetzt reicht's.

LIZZIE: Eine schöne Schlampe! Eine schöne Schlampe!

FRED *mit tonloser Stimme*: Ein Rat, meine Kleine: Sprich zu den Jungens hier bei uns nicht allzu oft von ihren Müttern, wenn du nicht willst, daß man dir den Hals umdreht.

LIZZIE *auf ihn zugehend*: Dreh mir doch den Hals um! Versuch's doch!

FRED *zurückweichend*: Beruhige dich. *Lizzie nimmt eine*

Vase vom Tisch in der deutlichen Absicht, sie ihm auf dem Kopf zu zertrümmern. Da sind noch zehn Dollar, aber beruhige dich. Beruhige dich, oder ich laß dich einbuchten!

LIZZIE: Du willst mich einbuchten lassen?

FRED: Ja, ich.

LIZZIE: Du?

FRED: Ich.

LIZZIE: Daß ich nicht lache.

FRED: Ich bin der Sohn von Clarke.

LIZZIE: Welcher Clarke?

FRED: Der Senator.

LIZZIE: Wirklich? Und ich bin die Tochter von Roosevelt.

FRED: Hast du das Bild von Clarke in der Zeitung gesehen?

LIZZIE: Ja... und?

FRED: Hier. *Er zeigt ein Foto.* Ich stehe neben ihm. Er hat mir die Hand um die Schulter gelegt.

LIZZIE *plötzlich beruhigt*: Sag bloß! Wie fein er ist, dein Vater! Laß sehen.

Fred reißt ihr das Foto aus der Hand.

FRED: Das reicht.

LIZZIE: Wie fein er ist. Er sieht so gerecht aus, so ernst! Stimmt es, was man sagt, daß seine Worte wie Honig sind? *Er antwortet nicht.* Ist das euer Garten?

FRED: Ja.

LIZZIE: Er sieht so edel aus. Und die Kleinen auf den Sesseln, sind das deine Schwestern? *Er antwortet nicht.* Liegt es auf dem Hügel, dein Haus?

FRED: Ja.

LIZZIE: Dann siehst du morgens, wenn du frühstückst, von deinem Fenster aus die ganze Stadt?

FRED: Ja.

LIZZIE: Wird bei euch geläutet, wenn das Essen fertig ist? Du kannst mir ruhig antworten.

FRED: Man schlägt einen Gong.

LIZZIE *verzückt*: Einen Gong! Ich verstehe dich nicht. Wenn ich so eine Familie und so ein Haus hätte, müßte man mich bezahlen, damit ich woanders schliefe. *Pause.* Wegen deiner Mama entschuldige ich mich, ich war wütend. Ist sie auch auf dem Foto?

FRED: Ich habe dir verboten, von ihr zu sprechen.

LIZZIE: Gut, gut. *Pause.* Darf ich dich was fragen? *Er antwortet nicht.* Wenn die Liebe dich ekelt, was wolltest du dann bei mir? *Er antwortet nicht. Sie seufzt.* Na gut. Da ich nun schon mal hier bin, werde ich versuchen, mich an eure Sitten zu gewöhnen. *Pause. Fred kämmt sich vor dem Spiegel.*

FRED: Kommst du aus dem Norden?

LIZZIE: Ja.

FRED: Aus New York?

LIZZIE: Was geht dich das an?

FRED: Du hast vorhin von New York gesprochen.

LIZZIE: Jeder kann von New York sprechen, das beweist nichts.

FRED: Warum bist du nicht dort geblieben?

LIZZIE: Ich hatte es satt.

FRED: Schwierigkeiten?

LIZZIE: Natürlich, ich ziehe sie an, es gibt solche Naturen. Siehst du die Schlange? *Sie zeigt ihm den Armreif.* Sie bringt Unglück.

FRED: Warum ziehst du ihn an?

LIZZIE: Jetzt wo ich ihn habe, muß ich ihn behalten. Es soll schrecklich sein, wenn die Schlange sich rächt.

FRED: Wollte der Neger dich vergewaltigen?

LIZZIE: Was?

FRED: Bist du vorgestern mit dem Schnellzug um sechs gekommen?

LIZZIE: Ja.

FRED: Dann bist du es.

LIZZIE: Niemand wollte mich vergewaltigen. *Sie lacht ein*

bißchen bitter. Mich vergewaltigen! Du machst wohl Scherze.

FRED: Du bist es, Webster hat es mir gestern in der Bar erzählt.

LIZZIE: Webster? *Pause.* Das ist es also!

FRED: Was?

LIZZIE: Deshalb haben also deine Augen gefunkelt. Das hat dich erregt, hm? Schwein! Bei einem so guten Vater.

FRED: Dumme Gans. *Pause.* Wenn ich mir vorstelle, daß du mit einem Schwarzen geschlafen hast...

LIZZIE: Was dann?

FRED: Ich habe fünf farbige Dienstboten. Wenn ich angerufen werde und einer von ihnen den Hörer abnimmt, wischt er ihn ab, bevor er ihn mir reicht.

LIZZIE *bewunderndes Pfeifen*: Ich verstehe.

FRED *sanft*: Wir mögen hier die Neger nicht besonders. Auch nicht die Weißen, die sich mit ihnen abgeben.

LIZZIE: Schon gut. Ich habe nichts gegen sie, aber ich möchte nicht, daß sie mich anrühren.

FRED: Weiß man's? Du bist der Teufel. Der Neger ist auch der Teufel... *Plötzlich:* Also? Wollte er dich vergewaltigen?

LIZZIE: Was geht dich das denn an?

FRED: Sie sind zu zweit in dein Abteil eingestiegen. Nach einer Weile haben sie sich auf dich gestürzt. Du hast um Hilfe gerufen, und Weiße sind gekommen. Einer der Neger hat sein Rasiermesser gezückt, und ein Weißer hat ihn mit einem Revolverschuß umgelegt. Der andere Neger ist entkommen!

LIZZIE: Hat Webster dir das erzählt?

FRED: Ja.

LIZZIE: Woher wußte er es?

FRED: Die ganze Stadt spricht davon.

LIZZIE: Die ganze Stadt? Da hab ich ja wieder Glück. Habt ihr nichts anderes zu tun?

FRED: Haben sich die Dinge so abgespielt, wie ich sage?

LIZZIE: Keineswegs. Die beiden Neger waren ganz ruhig und unterhielten sich; sie haben mich nicht einmal angesehen. Dann sind vier Weiße eingestiegen, und zwei haben sich an mich gedrängt. Sie hatten ein Rugbymatch gewonnen, sie waren alle besoffen. Sie haben gesagt, es stinkt nach Neger, und sie wollten die Schwarzen aus der Tür werfen. Die haben sich gewehrt, so gut sie konnten; schließlich bekam ein Weißer einen Faustschlag aufs Auge; da hat er seinen Revolver gezogen und geschossen. Das ist alles. Der andere Neger ist abgesprungen, als der Zug in den Bahnhof einfuhr.

FRED: Man kennt ihn. Er wird uns nicht entwischen. *Pause.* Wenn du vor den Richter zitiert wirst, erzählst du dann diese Geschichte?

LIZZIE: Was geht dich das denn an?

FRED: Antworte.

LIZZIE: Ich gehe nicht zum Richter. Ich sage dir doch, Schereien sind mir ein Greuel.

FRED: Du wirst hingehen müssen.

LIZZIE: Ich gehe nicht. Ich will nichts mehr mit der Polizei zu schaffen haben.

FRED: Sie werden dich holen.

LIZZIE: Dann werde ich sagen, was ich gesehen habe. *Pause.*

FRED: Ist dir eigentlich klar, was du tun wirst?

LIZZIE: Was werde ich tun?

FRED: Du wirst für einen Schwarzen und gegen einen Weißen aussagen.

LIZZIE: Wenn der Weiße der Schuldige ist.

FRED: Er ist nicht schuldig.

LIZZIE: Er hat getötet, also ist er schuldig.

FRED: Was ist denn seine Schuld?

LIZZIE: Daß er getötet hat!

FRED: Aber er hat einen Neger getötet.

LIZZIE: Na und?

FRED: Wenn man jedesmal schuldig wäre, wenn man einen Neger tötet...

LIZZIE: Er hatte nicht das Recht dazu.

FRED: Welches Recht?

LIZZIE: Er hatte nicht das Recht dazu.

FRED: Dein Recht kommt aus dem Norden. *Pause.* Schuldig oder nicht, du kannst nicht einen von deiner Rasse bestrafen lassen.

LIZZIE: Ich will niemanden bestrafen lassen. Man wird mich fragen, was ich gesehen habe, und ich werde es sagen.

Pause. Fred geht auf sie zu.

FRED: Was ist zwischen dir und dem Neger? Warum schützt du ihn?

LIZZIE: Ich kenne ihn ja nicht einmal.

FRED: Also?

LIZZIE: Ich will die Wahrheit sagen.

FRED: Die Wahrheit! Eine Zehn-Dollar-Hure will die Wahrheit sagen! Es gibt keine Wahrheit; es gibt Schwarze und Weiße, das ist alles. Siebzehntausend Weiße, zwanzigtausend Schwarze. Wir sind hier nicht in New York; wir dürfen nicht spaßen. *Pause.* Thomas ist mein Vetter.

LIZZIE: Was?

FRED: Thomas, der Typ, der getötet hat, ist mein Vetter.

LIZZIE *überrascht*: Ach!

FRED: Er ist ein Ehrenmann. Das sagt dir nicht viel; aber er ist ein Ehrenmann.

LIZZIE: Ein Ehrenmann, der sich die ganze Zeit an mich drückte und versuchte, meinen Rock hochzuziehen. Geh bloß weg mit deinem Ehrenmann! Es wundert mich nicht, daß ihr aus der gleichen Familie seid.

FRED *die Hand erhebend*: Miststück. *Er beherrscht sich.* Du bist der Teufel: Mit dem Teufel kann man nur

Schlechtes tun. Er hat deinen Rock hochgezogen, er hat auf einen dreckigen Neger geschossen, na gut; das tut man, ohne darüber nachzudenken, das zählt nicht. Thomas ist ein Boss, darauf kommt es an.

LIZZIE: Mag sein. Aber der Neger hat nichts getan.

FRED: Ein Neger hat immer was getan.

LIZZIE: Nie werde ich einen Menschen an die Bullen ausliefern.

FRED: Wenn nicht ihn, dann Thomas. Einen wirst du auf jeden Fall ausliefern. Du hast die Wahl.

LIZZIE: Da haben wir's. Zur Abwechslung sitze ich mal wieder bis zum Hals in der Scheiße. *Zu ihrem Armreif:* Dreckiges Ding, du machst immer den gleichen Mist. *Sie wirft ihn auf den Boden.*

FRED: Wieviel willst du?

LIZZIE: Ich will keinen Cent.

FRED: Fünfhundert Dollar.

LIZZIE: Keinen Cent.

FRED: Du würdest sehr viel mehr als eine Nacht brauchen, um fünfhundert Dollar zu verdienen.

LIZZIE: Vor allem, wenn ich es mit Geizhälsen wie dir zu tun habe. *Pause.* Deshalb hast du mich also gestern abend rübergewinkt?

FRED: Klar.

LIZZIE: Deshalb also. Du hast dir gesagt: Da ist ja die Kleine, ich werde sie nach Hause begleiten und sie vor die Wahl stellen. Deshalb also! Du hast mir die Hände getätschelt, aber du warst kalt wie Eis, du dachtest: Wie bring ich ihr das bei? *Pause.* Aber sag mal! Sag mal, mein Junge... Wenn du mit heraufgekommen bist, um mir deinen Kuhhandel vorzuschlagen, brauchtest du nicht mit mir zu schlafen. Hm? Warum hast du mit mir geschlafen, du Schwein? Warum hast du mit mir geschlafen?

FRED: Weiß der Teufel.

LIZZIE *läßt sich weinend auf einen Stuhl fallen*: Schwein! Schwein! Schwein!

FRED: Fünfhundert Dollar! Heul nicht, mein Gott! Fünfhundert Dollar! Heul nicht! Heul doch nicht. Komm, Lizzie, Lizzie! Sei vernünftig! Fünfhundert Dollar!

LIZZIE *schluchzend*: Ich bin nicht vernünftig. Ich will deine fünfhundert Dollar nicht, ich will nicht falsch aussagen! Ich will wieder nach New York! Ich will hier weg! *Es klingelt. Sie hält jäh inne. Es klingelt wieder. Leise:* Was ist das? Sei still. *Langes Klingeln.* Ich mache nicht auf. Bleib ruhig.

Schläge gegen die Tür.

EINE STIMME: Aufmachen! Polizei.

LIZZIE *leise*: Die Bullen. Das mußte ja kommen. *Sie zeigt auf ihren Armreif:* Wegen ihm. *Sie bückt sich und streift ihn wieder über.* Immer noch besser, ich behalte ihn an. Versteck dich.

Schläge gegen die Tür.

DIE STIMME: Polizei!

LIZZIE: Versteck dich doch. Geh in die Toilette. *Er rührt sich nicht. Sie stößt ihn mit aller Kraft.* Geh! Geh doch!

DIE STIMME: Bist du da, Fred? Fred? Bist du da?

FRED: Ich bin da! *Er stößt sie zurück, sie sieht ihn verblüfft an.*

LIZZIE: Deshalb also! *Fred geht öffnen, John und James treten ein.*

Dritte Szene

Dieselben, John und James

Die Eingangstür bleibt offen.

JOHN: Polizei. Lizzie MacKay, bist du das?

LIZZIE *hört ihn nicht und sieht immer noch Fred an*: Deshalb!

JOHN *schüttelt sie an der Schulter*: Antworte, wenn man mit dir spricht.

LIZZIE: Hm? Ja, das bin ich.

JOHN: Deine Papiere.

LIZZIE *hat sich wieder gefaßt, hart*: Mit welchem Recht fragt ihr mich? Was wollt ihr bei mir? *John zeigt seinen Stern.* Jeder kann sich einen Stern anstecken. Ihr seid Freunde von diesem Herrn und habt ausgemacht, mich zu erpressen. *John hält ihr einen Ausweis unter die Nase.*

JOHN: Kennst du das?

LIZZIE *auf James zeigend*: Und er?

JOHN *zu James*: Zeig deinen Ausweis. *James zeigt ihn. Lizzie sieht ihn an, geht ohne etwas zu sagen zum Tisch, zieht Papiere hervor und gibt sie ihnen. Auf Fred zeigend:* Hast du ihn gestern abend mit zu dir genommen? Weißt du, daß Prostitution strafbar ist?

LIZZIE: Seid ihr ganz sicher, daß ihr das Recht habt, ohne Befehl bei Leuten einzudringen? Fürchtet ihr nicht, daß ihr durch mich Ärger bekommt?

JOHN: Mach dir um uns keine Sorgen. *Pause.* Ich frage dich, ob du ihn mit zu dir genommen hast.

LIZZIE *hat sich verändert, seit die Polizisten eingetreten sind; sie ist härter und vulgärer geworden*: Zerbrecht euch nicht den Kopf. Natürlich habe ich ihn mit zu mir genommen. Nur habe ich es gratis mit ihm getrieben. Da seid ihr sprachlos!

FRED: Auf dem Tisch findet ihr zwei Zehn-Dollar-Scheine. Sie sind von mir.

LIZZIE: Beweise es.

FRED *ohne sie anzusehen, zu den beiden anderen*: Ich habe sie gestern morgen von der Bank geholt, zusammen mit achtundzwanzig anderen derselben Serie. Ihr braucht nur die Nummern zu überprüfen.

LIZZIE *heftig*: Ich habe sie nicht genommen. Ich habe sie nicht genommen, seine dreckigen Lappen. Ich habe sie ihm ins Gesicht geschmissen.

JOHN: Wenn du sie nicht genommen hast, wieso liegen sie dann auf deinem Tisch?

LIZZIE *nach einem Schweigen*: Ich bin erledigt. *Mit einer gewissen Bestürzung sieht sie Fred an. Mit fast sanfter Stimme:* Deswegen also? *Zu den anderen:* Nun? Was wollt ihr von mir?

JOHN: Setz dich. *Zu Fred:* Hast du sie eingeweiht? *Fred nickt.* Ich sage, du sollst dich setzen. *Er stößt sie in einen Sessel.* Der Richter ist einverstanden, Thomas freizulassen, wenn er deine schriftliche Zeugenaussage hat. Wir haben sie für dich abgefaßt, du brauchst nur zu unterschreiben. Morgen wirst du ordnungsgemäß vernommen. Kannst du lesen? *Lizzie zuckt die Achseln, er reicht ihr ein Papier.* Lies und unterschreib.

LIZZIE: Das ist von vorne bis hinten gelogen.

JOHN: Kann sein. Und?

LIZZIE: Ich unterschreibe nicht.

FRED: Locht sie ein. *Zu Lizzie:* Das gibt achtzehn Monate.

LIZZIE: Achtzehn Monate, ja. Und wenn ich rauskomme, bist du dran.

FRED: Nicht, wenn ich es verhindern kann. *Sie sehen sich an.* Ihr solltet nach New York telegrafieren; ich glaube, sie hat dort Ärger gehabt.

LIZZIE *bewundernd*: Du bist gemein wie eine Frau. Ich hätte nie geglaubt, daß ein Typ so gemein sein kann.

JOHN: Entscheide dich. Entweder du unterschreibst, oder ich buchte dich ein.

LIZZIE: Ich laß mich lieber einbuchten. Ich will nicht lügen.

FRED: Nicht lügen, du Nutte! Und was hast du die ganze Nacht getan? Als du mich Liebling, mein Liebster, mein kleiner Mann nanntest, hast du da nicht gelogen? Als du stöhntest, um mir weiszumachen, ich würde dir Lust verschaffen, hast du da nicht gelogen?

LIZZIE *herausfordernd*: Das würde dir so passen, hm? Nein, ich habe nicht gelogen. *Sie sehen sich an. Fred wendet den Blick ab.*

FRED: Schluß damit. Hier ist mein Füller. Unterschreib.

LIZZIE: Du kannst mich mal. *Schweigen. Die drei Männer sind verlegen.*

FRED: Da! Soweit sind wir also! Er ist der Beste der Stadt, und sein Schicksal hängt von den Launen einer Göre ab. *Er geht auf und ab, dann plötzlich wieder auf Lizzie zu.* Sieh ihn an. *Er zeigt ihr ein Foto.* Du hast Männer gesehen in deinem Hundeleben. Gibt es viele, die ihm gleichen? Sieh diese Stirn an, sieh dieses Kinn an, sieh diese Abzeichen auf seiner Uniform an. Nein, nein, guck nicht weg. Sieh genau hin: Das ist dein Opfer. Du mußt ihm ins Gesicht sehen. Siehst du, wie jung er aussieht, wie stolz er aussieht, wie schön er ist! Sei unbesorgt, wenn er nach zehn Jahren aus dem Gefängnis kommt, werden ihm die Haare und die Zähne ausgefallen sein. Du kannst zufrieden sein, das ist gute Arbeit. Bisher hast du den Leuten das Geld aus der Tasche gezogen; diesmal hast du dir den Besten ausgesucht, und du bringst ihn um sein Leben. Du sagst nichts? Du bist also verdorben bis ins Mark? *Er stößt sie zu Boden.* Auf die Knie, du Hure! Auf die Knie vor dem Bild des Mannes, den du entehren willst! *Clarke tritt durch die Tür, die sie offengelassen haben.*

Vierte Szene

Dieselben, der Senator

Der Senator: Laß sie. *Zu Lizzie:* Stehen Sie auf.

Fred: Hallo!

John: Hallo!

Der Senator: Hallo! Hallo!

John *zu Lizzie*: Das ist Senator Clarke.

Der Senator *zu Lizzie*: Hallo!

Lizzie: Hallo!

Der Senator: Gut. Das Vorstellen ist beendet. *Er sieht Lizzie an.* Das ist also das junge Mädchen. Sie sieht sehr sympathisch aus.

Fred: Sie will nicht unterschreiben.

Der Senator: Sie hat völlig recht. Ihr dringt bei ihr ein, ohne daß ihr ein Recht dazu habt. *Auf eine Gebärde Johns hin, mit Nachdruck:* Ohne das mindeste Recht; ihr behandelt sie grob, und ihr wollt sie gegen ihr Gewissen aussagen lassen. Das sind keine amerikanischen Methoden. Hat der Neger Sie vergewaltigt, mein Kind?

Lizzie: Nein.

Der Senator: Ausgezeichnet. Das ist deutlich. Sehen Sie mir in die Augen. *Er sieht sie an.* Ich bin sicher, daß sie nicht lügt. *Pause.* Arme Mary! *Zu den anderen:* Also, Jungens, kommt. Wir haben hier nichts mehr zu tun. Wir können uns nur noch bei dem Fräulein entschuldigen.

Lizzie: Wer ist Mary?

Der Senator: Mary? Das ist meine Schwester, die Mutter dieses unglücklichen Thomas. Eine arme, liebe Alte, die daran sterben wird. Auf Wiedersehen, mein Kind.

Lizzie *mit erstickter Stimme*: Senator!

Der Senator: Mein Kind?

LIZZIE: Es tut mir leid.

DER SENATOR: Was tut Ihnen leid? Sie haben doch die Wahrheit gesagt.

LIZZIE: Es tut mir leid, daß es ... diese Wahrheit ist.

DER SENATOR: Wir können beide nichts dafür, und niemand hat das Recht, eine falsche Aussage von Ihnen zu verlangen. *Pause.* Nein. Denken Sie nicht mehr an sie.

LIZZIE: An wen?

DER SENATOR: An meine Schwester. Dachten Sie nicht an meine Schwester?

LIZZIE: Doch.

DER SENATOR: Ich sehe in Sie hinein, mein Kind. Soll ich Ihnen sagen, was in Ihrem Kopf vorgeht? *Lizzie nachahmend:* «Wenn ich unterzeichnen würde, ginge der Senator zu ihr und würde ihr sagen: ‹Lizzie MacKay ist ein gutes Mädchen; sie gibt dir deinen Sohn zurück.› Und sie würde unter Tränen lächeln und sagen: ‹Lizzie MacKay? Diesen Namen werde ich nicht vergessen.› Und es gäbe eine ganz einfache kleine alte Frau, die an mich denken würde in ihrem großen Haus, an mich, die ich keine Familie habe und die das Schicksal aus der Gesellschaft ausgestoßen hat, es gäbe eine amerikanische Mutter, die sich in ihrem Herzen meiner annehmen würde.» Arme Lizzie, denken Sie nicht mehr daran.

LIZZIE: Hat sie weiße Haare?

DER SENATOR: Ganz weiße. Aber das Gesicht ist jung geblieben. Und wenn Sie ihr Lächeln kennen würden ... Sie wird nie mehr lächeln. Leben Sie wohl. Morgen werden Sie dem Richter die Wahrheit sagen.

LIZZIE: Gehen Sie?

DER SENATOR: Nun ja; ich gehe zu ihr. Ich muß ihr von unserem Gespräch berichten.

LIZZIE: Weiß sie, daß Sie hier sind?

DER SENATOR: Auf ihre Bitte hin bin ich gekommen.

LIZZIE: Mein Gott! Und sie wartet? Und Sie werden ihr

sagen, daß ich mich geweigert habe zu unterschreiben? Wie wird sie mich hassen!

DER SENATOR *ihr die Hände auf die Schultern legend*: Mein armes Kind, ich möchte nicht an Ihrer Stelle sein.

LIZZIE: Eine schöne Geschichte! *Zu ihrem Armreif*: Du bist an allem schuld, Dreckstück!

DER SENATOR: Wie?

LIZZIE: Nichts. *Pause.* So wie die Dinge liegen, ist es ein Jammer, daß der Neger mich nicht wirklich vergewaltigt hat.

DER SENATOR *gerührt*: Mein Kind.

LIZZIE *traurig*: Das hätte Ihnen solche Freude gemacht, und mich hätte es so wenig gekostet.

DER SENATOR: Danke! *Pause.* Wie gern würde ich Ihnen helfen. *Pause.* Aber leider: Wahrheit ist Wahrheit.

LIZZIE *traurig*: Ja, eben.

DER SENATOR: Und die Wahrheit ist, daß der Neger Sie nicht vergewaltigt hat.

LIZZIE: Ja, eben.

DER SENATOR: Ja. *Pause.* Es handelt sich da natürlich um eine Wahrheit ersten Grades.

LIZZIE *ohne zu verstehen*: Ersten Grades...

DER SENATOR: Ja, ich meine, eine... populäre Wahrheit.

LIZZIE: Populär? Ist das nicht die Wahrheit?

DER SENATOR: Doch, doch, es ist die Wahrheit. Nur... die Wahrheit hat mehrere Seiten.

LIZZIE: Denken Sie, daß der Neger mich vergewaltigt hat?

DER SENATOR: Nein, nein, er hat Sie nicht vergewaltigt. In gewisser Hinsicht hat er Sie überhaupt nicht vergewaltigt. Doch sehen Sie, ich bin ein alter Mann, der viel erlebt hat, der sich oft geirrt hat und der sich seit ein paar Jahren ein bißchen weniger oft irrt. Und ich habe über all das eine andere Meinung als Sie.

LIZZIE: Was für eine Meinung denn?

DER SENATOR: Wie soll ich es Ihnen erklären? Passen Sie auf: Stellen wir uns vor, es erschiene Ihnen plötzlich die amerikanische Nation. Was würde sie Ihnen sagen?

LIZZIE *erschrocken*: Ich nehme an, sie hätte mir nicht viel zu sagen.

DER SENATOR: Sind Sie Kommunistin?

LIZZIE: Wo denken Sie hin? Nein.

DER SENATOR: Dann hat sie Ihnen viel zu sagen. Sie würde Ihnen sagen: «Lizzie, es ist soweit, daß du wählen mußt zwischen zweien meiner Söhne. Einer von beiden muß verschwinden. Was tut man in solchen Fällen? Man behält den Besten. Also gut, finden wir heraus, wer der Beste ist. Willst du?»

LIZZIE: Das will ich gern. Oh, Verzeihung! Ich glaubte, Sie würden sprechen.

DER SENATOR: Ich spreche in ihrem Namen. *Er fährt fort:* «Lizzie, dieser Neger, den du schützt, wozu ist er gut? Er ist durch Zufall geboren, Gott weiß wo. Ich habe ihn ernährt, und er, was tut er für mich dafür? Gar nichts, er lungert herum, er klaut, er singt, er kauft sich rosa und grüne Anzüge. Er ist mein Sohn, und ich liebe ihn genauso wie meine anderen Söhne. Aber ich frage dich: Führt er ein menschliches Leben? Ich würde seinen Tod nicht einmal bemerken.»

LIZZIE: Wie gut Sie reden.

DER SENATOR *fortfahrend*: «Der andere dagegen, jener Thomas, hat einen Schwarzen getötet, das ist sehr schlecht. Aber ich brauche ihn. Das ist ein hundertprozentiger Amerikaner, der Sproß einer unserer ältesten Familien, er hat in Harvard studiert, er ist Offizier – ich brauche Offiziere –, er beschäftigt zweitausend Arbeiter in seiner Fabrik – zweitausend Arbeitslose, wenn er sterben sollte –, er ist ein Boss, ein solides Bollwerk gegen den Kommunismus, die Gewerkschaften und die Juden.

Er hat die Pflicht zu leben, und du hast die Pflicht, sein Leben zu erhalten. Das ist alles. Jetzt wähle.»

LIZZIE: Wie gut Sie reden.

DER SENATOR: Wähle!

LIZZIE *aufschreckend*: Hm? Ach so... *Pause*. Sie haben mich durcheinandergebracht, ich weiß nicht mehr, wo mir der Kopf steht.

DER SENATOR: Sehen Sie mich an, Lizzie. Vertrauen Sie mir?

LIZZIE: Ja, Senator.

DER SENATOR: Glauben Sie, ich könnte Ihnen zu einer schlechten Tat raten?

LIZZIE: Nein, Senator.

DER SENATOR: Dann müssen Sie unterschreiben. Hier ist mein Federhalter.

LIZZIE: Glauben Sie, sie wird zufrieden mit mir sein?

DER SENATOR: Wer?

LIZZIE: Ihre Schwester?

DER SENATOR: Sie wird Sie von weitem lieben wie ihre Tochter.

LIZZIE: Vielleicht schickt sie mir Blumen?

DER SENATOR: Das kann gut sein.

LIZZIE: Oder ihr Bild mit einem Autogramm.

DER SENATOR: Das ist gut möglich.

LIZZIE: Ich werde es an die Wand hängen. *Pause. Sie geht erregt auf und ab.* Eine schöne Geschichte. *Wieder auf den Senator zugehend:* Was machen Sie mit dem Neger, wenn ich unterschreibe?

DER SENATOR: Mit dem Neger? Pah! *Er nimmt sie an den Schultern.* Wenn du unterschreibst, nimmt sich die ganze Stadt deiner an. Die ganze Stadt. Alle Mütter der Stadt.

LIZZIE: Aber...

DER SENATOR: Glaubst du, eine ganze Stadt kann sich irren? Eine ganze Stadt mit ihren Pastoren und ihren Pfarrern, mit ihren Ärzten, ihren Rechtsanwälten und ihren

Künstlern, mit ihrem Bürgermeister und ihren Stadtverordneten und ihren Wohltätigkeitsverbänden. Glaubst du das?

LIZZIE: Nein. Nein. Nein.

DER SENATOR: Gib mir deine Hand. *Er zwingt sie zu unterschreiben.* So. Ich danke dir im Namen meiner Schwester und meines Neffen, im Namen der siebzehntausend Weißen unserer Stadt, im Namen der amerikanischen Nation, die ich hier vertrete. Deine Stirn. *Er küßt sie auf die Stirn.* Kommt. *Zu Lizzie:* Wir sehen uns heute abend: Wir müssen noch etwas besprechen. *Er geht ab.*

FRED *hinausgehend*: Leb wohl, Lizzie.

LIZZIE: Leb wohl. *Sie gehen. Lizzie bleibt niedergeschmettert zurück, dann stürzt sie zur Tür.* Senator! Ich will nicht! Zerreißen Sie das Papier! Senator! Ich will nicht! Zerreißen Sie das Papier! Senator! *Sie kommt zurück auf die Bühne, nimmt mechanisch den Staubsauger.* Die amerikanische Nation! *Sie schaltet ihn an.* Ich habe irgendwie das Gefühl, daß sie mich reingelegt haben! *Sie hantiert wütend mit dem Staubsauger.*

Vorhang

ZWEITES BILD

Dieselbe Dekoration, zwölf Stunden später. Die Lampen brennen, vor den geöffneten Fenstern ist es Nacht. Stimmengewirr, das immer lauter wird. Der Neger erscheint am Fenster, steigt über die Brüstung und springt in das leere Zimmer. Er geht bis in die Mitte der Bühne. Es klingelt. Er versteckt sich hinter einem Vorhang. Lizzie kommt aus dem Badezimmer, geht zur Eingangstür, öffnet.

Erste Szene

Lizzie, der Senator, der Neger (versteckt)

Lizzie: Treten Sie ein! *Der Senator tritt ein.* Nun?
Der Senator: Thomas ist in den Armen seiner Mutter. Ich bringe Ihnen ihren Dank.
Lizzie: Ist sie glücklich?
Der Senator: Vollkommen glücklich.
Lizzie: Hat sie geweint?
Der Senator: Geweint? Warum? Sie ist eine starke Frau.
Lizzie: Sie hatten gesagt, sie würde weinen.
Der Senator: Das war eine Redensart.
Lizzie: Sie hat es nicht erwartet, hm? Sie glaubte, ich wäre eine schlechte Frau und würde für den Neger aussagen.
Der Senator: Sie hatte sich in Gottes Hand gegeben.
Lizzie: Was denkt sie von mir?
Der Senator: Sie dankt Ihnen.
Lizzie: Hat sie nicht gefragt, wie ich aussehe?
Der Senator: Nein.
Lizzie: Findet sie, daß ich ein gutes Mädchen bin?

DER SENATOR: Sie findet, daß Sie Ihre Pflicht getan haben.

LIZZIE: Ach so...

DER SENATOR: Sie hofft, daß Sie sie weiterhin tun.

LIZZIE: Ja, ja...

DER SENATOR: Sehen Sie mich an, Lizzie. *Er nimmt sie an den Schultern.* Sie tun doch weiterhin Ihre Pflicht? Sie wollen sie doch nicht enttäuschen?

LIZZIE: Keine Sorge. Ich kann nicht widerrufen, was ich gesagt habe, sie würden mich einsperren. *Pause.* Was ist das für ein Geschrei?

DER SENATOR: Das ist nichts.

LIZZIE: Ich kann es nicht mehr ertragen. *Sie geht das Fenster schließen.* Senator?

DER SENATOR: Mein Kind?

LIZZIE: Sind Sie sicher, daß wir uns nicht geirrt haben, daß ich getan habe, was ich tun mußte?

DER SENATOR: Absolut sicher.

LIZZIE: Ich kenne mich nicht mehr aus; Sie haben mich durcheinandergebracht. Sie denken zu schnell für mich. Wieviel Uhr ist es?

DER SENATOR: Elf Uhr.

LIZZIE: Noch acht Stunden, bis es Tag wird. Ich spüre, daß ich kein Auge zumachen werde. *Pause.* Die Nächte sind genauso heiß wie die Tage. *Pause.* Und der Neger?

DER SENATOR: Welcher Neger? Ach ja, er wird gesucht.

LIZZIE: Was passiert mit ihm? *Der Senator zuckt die Achseln, das Geschrei nimmt zu. Lizzie geht ans Fenster.* Was ist das nur für ein Geschrei? Da gehen Männer mit Taschenlampen und Hunden vorbei. Ist das ein Fackelzug? Oder... Sagen Sie mir, was das ist, Senator! Sagen Sie mir, was das ist!

DER SENATOR *einen Brief aus der Tasche ziehend*: Meine Schwester hat mich beauftragt, Ihnen dies zu übergeben.

LIZZIE *lebhaft*: Sie hat mir geschrieben? *Sie reißt den Um-*

schlag auf, nimmt einen Hundert-Dollar-Schein heraus, sucht nach dem Brief, findet keinen, zerknüllt den Umschlag und wirft ihn auf den Boden. Ihre Stimme ist verändert. Hundert Dollar. Sie können zufrieden sein. Ihr Sohn hatte mir fünfhundert versprochen, da haben Sie schön was gespart.

DER SENATOR: Mein Kind.

LIZZIE: Sagen Sie Ihrer Frau Schwester meinen Dank. Sagen Sie ihr, daß mir eine Vase oder ein Paar Nylonstrümpfe lieber gewesen wären, etwas, bei dem sie sich die Mühe gemacht hätte, es selbst auszusuchen. Aber auf die gute Absicht kommt es an, nicht wahr? *Pause.* Sie haben mich schön angeschmiert. *Sie sehen sich an. Der Senator nähert sich ihr.*

DER SENATOR: Ich danke Ihnen, mein Kind; wir werden uns noch ein wenig unter vier Augen unterhalten. Sie machen eine moralische Krise durch und brauchen meine Unterstützung.

LIZZIE: Ich brauche vor allem Zaster, aber ich denke, wir werden uns einig, Sie und ich. *Pause.* Bisher zog ich die Alten vor, weil sie ehrwürdig aussehen, aber allmählich frage ich mich, ob sie nicht noch schlitzohriger sind als die anderen.

DER SENATOR *belustigt*: Schlitzohrig! Ich wollte, meine Kollegen könnten Sie hören. Welch köstliches Naturell! Etwas an Ihnen ist von Ihrem unordentlichen Lebenswandel ganz unberührt geblieben. *Er streichelt sie.* Ja, ja. Irgend etwas. *Sie läßt es geschehen, passiv und verächtlich.* Ich komme wieder, begleiten Sie mich nicht.

Er geht.

Lizzie bleibt wie erstarrt stehen. Aber dann nimmt sie den Geldschein, zerknüllt ihn, wirft ihn auf den Boden, läßt sich auf einen Stuhl fallen und bricht in Schluchzen aus. Das Schreien draußen kommt näher. In der Ferne Schüsse.

Der Neger kommt aus seinem Versteck. Er stellt sich vor sie. Sie hebt den Kopf und stößt einen Schrei aus.

Zweite Szene

Lizzie, der Neger

LIZZIE: Ha!
Pause. Sie steht auf. Ich war sicher, daß du kommen würdest. Ich war mir sicher. Wie bist du hereingekommen?
DER NEGER: Durchs Fenster.
LIZZIE: Was willst du?
DER NEGER: Verstecken Sie mich.
LIZZIE: Ich habe gesagt: nein.
DER NEGER: Hören Sie sie, Madam?
LIZZIE: Ja.
DER NEGER: Die Jagd hat angefangen.
LIZZIE: Welche Jagd?
DER NEGER: Die Negerjagd.
LIZZIE: Ah! *Lange Pause.* Bist du sicher, daß sie dich nicht gesehen haben?
DER NEGER: Ganz sicher.
LIZZIE: Was machen sie mit dir, wenn sie dich fassen?
DER NEGER: Benzin.
LIZZIE: Was?
DER NEGER: Benzin. *Er macht eine erklärende Gebärde.* Sie zünden es an.
LIZZIE: Ich verstehe. *Sie geht zum Fenster und zieht die Vorhänge zu.* Setz dich. *Der Neger läßt sich auf einen Stuhl fallen.* Du mußtest ja zu mir kommen. Es wird also nie Schluß sein? *Sie geht fast drohend auf ihn zu.* Ich hab die Nase voll von Scherereien, verstehst du? *Mit dem Fuß aufstampfend:* Voll! Voll! Voll!

Der Neger: Sie glauben, ich hätte Ihnen was angetan, Madam.

Lizzie: Und?

Der Neger: Hier werden sie mich nicht suchen.

Lizzie: Weißt du, warum sie dich jagen?

Der Neger: Weil sie glauben, ich hätte Ihnen was angetan.

Lizzie: Weißt du, wer es ihnen gesagt hat?

Der Neger: Nein.

Lizzie: Ich. *Langes Schweigen. Der Neger blickt sie an.* Wie findest du das?

Der Neger: Warum haben Sie das gemacht, Madam? Oh, warum haben Sie das gemacht?

Lizzie: Das frage ich mich auch.

Der Neger: Die werden kein Mitleid haben; die werden mich ins Gesicht peitschen, die werden ihre Benzinkanister über mir ausleeren. Oh, warum haben Sie das gemacht? Ich habe Ihnen nichts angetan.

Lizzie: O doch, du hast mir was angetan. Du weißt gar nicht, was du mir angetan hast! *Pause.* Hast du nicht Lust, mir den Hals umzudrehen?

Der Neger: Die zwingen die Leute oft, das Gegenteil von dem zu sagen, was sie denken.

Lizzie: Ja. Oft. Und wenn sie sie nicht zwingen können, bringen sie sie mit ihren Lügenmärchen durcheinander. *Pause.* Also? Nein? Drehst du mir nicht den Hals um? Du hast einen guten Charakter. *Pause.* Ich werde dich bis morgen abend verstecken. *Er macht eine Bewegung.* Faß mich nicht an: Ich mag Neger nicht. *Draußen Schreie und Schüsse.* Sie kommen näher. *Sie geht zum Fenster, schiebt den Vorhang zur Seite und schaut auf die Straße.* Wir sitzen in der Patsche.

Der Neger: Was machen sie?

Lizzie: Sie haben an beiden Enden der Straße Posten aufgestellt und durchsuchen alle Häuser. Du mußtest ja hierherkommen. Sicher hat dich jemand in die Straße einbiegen sehen. *Sie schaut wieder.* Da. Jetzt sind wir dran. Sie kommen rauf.

DER NEGER: Wie viele sind es?

LIZZIE: Fünf oder sechs. Die anderen warten unten. *Sie geht wieder zu ihm.* Zitter nicht so. Zitter doch nicht so, mein Gott! *Pause. Zu ihrem Armreif:* Scheißschlange! *Sie wirft ihn auf den Boden und tritt darauf.* Luder! *Zum Neger:* Du mußtest ja hierherkommen. *Er steht auf und will gehen.* Bleib. Wenn du rausgehst, bist du geliefert.

DER NEGER: Über die Dächer.

LIZZIE: Bei diesem Mond? Wenn du Zielscheibe spielen willst, kannst du ja gehen. *Pause.* Warten wir's ab. Sie müssen noch zwei Stockwerke durchsuchen vor unserem. Ich sag dir, du sollst nicht zittern. *Langes Schweigen. Sie geht auf und ab. Der Neger bleibt niedergeschmettert auf seinem Stuhl sitzen.* Hast du keine Waffen?

DER NEGER: O nein!

LIZZIE: Gut. *Sie kramt in einer Schublade und holt einen Revolver hervor.*

DER NEGER: Was wollen Sie tun, Madam?

LIZZIE: Ich werde ihnen die Tür öffnen und sie hereinlassen. Fünfundzwanzig Jahre verschaukeln sie mich jetzt mit ihren alten weißhaarigen Müttern und den Kriegshelden und der amerikanischen Nation. Aber ich habe verstanden. Sie werden mich nicht ewig für dumm verkaufen. Ich werde die Tür aufmachen und zu ihnen sagen: «Er ist da. Er ist da, aber er hat nichts getan; man hat mich zu einer falschen Zeugenaussage gezwungen. Ich schwöre beim lieben Gott, daß er nichts getan hat.»

DER NEGER: Sie werden Ihnen nicht glauben.

LIZZIE: Kann sein. Kann sein, daß sie mir nicht glauben; dann zielst du mit dem Revolver auf sie, und wenn sie nicht gehen, schießt du.

DER NEGER: Dann kommen andere.

LIZZIE: Du schießt auch auf die anderen. Und wenn du den Sohn des Senators siehst, dann paß auf, daß du ihn auch triffst, denn er hat alles angezettelt. Wir sind in der Klemme, oder? Und es ist auf jeden Fall unser letzter Ärger, denn ich sage dir, wenn sie dich bei mir finden, hab ich auch die längste Zeit gelebt. Also kann man genausogut in Gesellschaft krepieren. *Sie reicht ihm den Revolver.* Nimm! Ich sag dir, nimm ihn.

DER NEGER: Ich kann nicht, Madam.

LIZZIE: Was?

DER NEGER: Ich kann nicht auf Weiße schießen.

LIZZIE: Ach, wirklich? Meinst du, die haben Hemmungen?

DER NEGER: Es sind Weiße, Madam.

LIZZIE: Na und? Weil sie Weiße sind, haben sie das Recht, dich wie ein Schwein abzuschlachten?

DER NEGER: Sie sind Weiße.

LIZZIE: Blödmann. Wir beide sind uns ähnlich, du bist genauso ein Trottel wie ich. Also gut, wenn alle sich einig sind...

DER NEGER: Warum schießen Sie nicht, Madam?

LIZZIE: Ich sage dir doch, ich bin ein Trottel. *Man hört Schritte im Treppenhaus.* Da sind sie. *Kurzes Lachen.* Gut sehen wir aus. *Pause.* Verdrück dich in die Toilette. Und rühr dich nicht. Halt den Atem an. *Der Neger gehorcht. Lizzie wartet. Klingeln. Sie bekreuzigt sich, hebt den Armreif auf und geht öffnen. Männer mit Gewehren.*

DRITTE SZENE

Lizzie, drei Männer

ERSTER MANN: Wir suchen den Neger.

LIZZIE: Welchen Neger?

ERSTER MANN: Der eine Frau im Zug vergewaltigt hat und den Neffen des Senators mit der Rasierklinge verletzt hat.

LIZZIE: Herrgott, den dürfen Sie doch nicht bei mir suchen! *Pause.* Erkennen Sie mich nicht?

ZWEITER MANN: Doch, doch, doch. Ich habe Sie vorgestern aus dem Zug steigen sehen.

LIZZIE: Genau. Mich hat er nämlich vergewaltigt, verstehen Sie. *Gemurmel. Sie betrachten sie mit Verblüffung, Lüsternheit und einer Art Grauen. Sie weichen leicht zurück.* Wenn er aufkreuzt, kriegt er das zu spüren. *Sie lachen. Sie zeigt auf den Revolver.*

EIN MANN: Haben Sie keine Lust, ihn hängen zu sehen?

LIZZIE: Holen Sie mich, wenn Sie ihn gefunden haben.

EIN MANN: Das wird nicht lange dauern, meine Süße: Wir wissen, daß er sich in dieser Straße versteckt.

LIZZIE: Viel Glück. *Sie gehen. Lizzie schließt die Tür. Sie legt den Revolver auf den Tisch.*

VIERTE SZENE

Lizzie, dann der Neger

LIZZIE: Du kannst rauskommen. *Der Neger kommt, kniet nieder und küßt den Saum ihres Kleides.* Ich hab dir gesagt, faß mich nicht an. *Sie sieht ihn an.* Du mußt trotzdem ein komischer Vogel sein, wenn eine ganze Stadt hinter dir her ist.

DER NEGER: Ich habe nichts getan, Madam, das wissen Sie genau.

LIZZIE: Sie sagen, ein Neger hat immer irgendwas getan.

DER NEGER: Ich habe nie was getan. Nie, nie.

LIZZIE *faßt sich an die Stirn*: Ich weiß nicht mehr, wo mir der Kopf steht. *Pause.* Trotzdem, eine ganze Stadt kann nicht völlig unrecht haben. *Pause.* Scheiße! Ich verstehe gar nichts mehr.

DER NEGER: So ist es, Madam. So ist es immer mit den Weißen.

LIZZIE: Fühlst du dich auch schuldig?

DER NEGER: Ja, Madam.

LIZZIE: Und doch hast du nichts getan.

DER NEGER: Nein, Madam.

LIZZIE: Aber was haben sie an sich, daß man immer auf ihrer Seite ist?

DER NEGER: Sie sind Weiße.

LIZZIE: Ich bin auch eine Weiße. *Pause. Draußen Schritte.* Sie kommen wieder runter. *Sie sucht instinktiv seine Nähe. Er zittert, aber er legt ihr den Arm um die Schulter. Die Schritte werden leiser. Stille. Sie macht sich abrupt los.* Mensch, jetzt sind wir ganz allein. Wir sehen aus wie zwei Waisenkinder. *Es klingelt. Sie horchen schweigend. Es klingelt wieder.* Verzieh dich in die Toilette. *Schläge an der Eingangstür. Der Neger versteckt sich. Lizzie öffnet.*

FÜNFTE SZENE

Fred, Lizzie

LIZZIE: Bist du verrückt? Warum donnerst du an meine Tür? Nein, du kommst nicht rein, du hast mir genug zugemutet. Hau ab, hau ab, du Schwein, hau ab! Hau ab! *Er stößt sie weg, schließt die Tür und faßt sie an den Schultern. Langes Schweigen.* Nun?

FRED: Du bist der Teufel!

LIZZIE: Um mir das zu sagen, wolltest du meine Tür einschlagen? Wie du aussiehst! Wo kommst du her? *Pause.* Antworte.

FRED: Sie haben einen Neger gefaßt. Es war nicht der Richtige. Sie haben ihn trotzdem gelyncht.

LIZZIE: Und?

FRED: Ich war dabei. *Lizzie pfeift.*

LIZZIE: Verstehe. *Pause.* Das erregt dich wohl, wenn du siehst, wie ein Neger gelyncht wird.

FRED: Ich habe Lust auf dich.

LIZZIE: Was?

FRED: Du bist der Teufel! Du hast mich verhext. Ich war mitten unter ihnen, den Revolver in der Hand, und der Neger baumelte an einem Ast. Ich sah ihn an und dachte: Ich habe Lust auf sie. Das ist nicht normal.

LIZZIE: Laß mich. Ich sag dir, laß mich.

FRED: Was steckt dahinter? Was hast du mit mir gemacht, Hexe? Ich sah den Neger an und sah dich. Ich sah dich über den Flammen baumeln. Ich habe geschossen.

LIZZIE: Dreckskerl! Laß mich. Laß mich! Du bist ein Mörder.

FRED: Was hast du mit mir gemacht? Du hängst an mir wie meine Zähne am Zahnfleisch. Ich sehe dich überall, ich sehe deinen Bauch, deinen widerlichen Hurenbauch, ich spüre deine Hitze in meinen Händen, ich habe deinen Geruch in der Nase. Ich bin bis hierher gerannt, ich wußte nicht, ob ich dich töten oder mit Gewalt nehmen wollte. Jetzt weiß ich es. *Er läßt sie plötzlich los.* Ich kann mich doch nicht wegen einer Hure unglücklich machen. *Er geht wieder auf sie zu.* Stimmt das, was du mir heute morgen gesagt hast?

LIZZIE: Was?

FRED: Daß ich dir Lust verschafft habe?

LIZZIE: Laß mich in Ruhe.

FRED: Schwör, daß es wahr ist. Schwöre! *Er dreht ihr das Handgelenk um. Man hört ein Geräusch in der Toilette.* Was ist das? *Er lauscht.* Hier ist jemand.

Lizzie: Du bist verrückt. Hier ist niemand.

Fred: Doch. In der Toilette. *Er geht zur Toilette.*

Lizzie: Du gehst da nicht rein.

Fred: Du siehst doch, daß da jemand ist.

Lizzie: Das ist mein heutiger Kunde. Einer, der zahlt. So, bist du zufrieden?

Fred: Ein Kunde? Du wirst keine Kunden mehr haben. Nie mehr. Du gehörst mir. *Pause.* Ich will ihn sehen. *Er ruft:* Kommen Sie raus!

Lizzie *schreiend*: Komm nicht raus. Das ist eine Falle.

Fred: Verdammte Hure! *Er stößt sie mit Gewalt weg, geht zur Tür und öffnet sie. Der Neger kommt heraus.* Ist das dein Kunde?

Lizzie: Ich habe ihn versteckt, weil man ihm etwas antun will. Schieß nicht, du weißt genau, daß er unschuldig ist. *Fred zieht seinen Revolver. Der Neger rappelt sich plötzlich auf, stößt ihn weg und rennt hinaus. Fred läuft ihm hinterher. Lizzie geht bis zur Eingangstür, durch die sie beide verschwunden sind, und fängt an zu schreien.* Er ist unschuldig! Er ist unschuldig! *Zwei Schüsse, sie kommt zurück mit hartem Gesicht. Sie geht zum Tisch, nimmt den Revolver. Fred kommt zurück. Sie dreht sich zu ihm um, mit dem Rücken zum Publikum, und hält die Waffe hinter sich. Er wirft seine auf den Tisch.* Na, hast du ihn erwischt? *Fred antwortet nicht.* Gut. Und jetzt bist du dran. *Sie zielt auf ihn.*

Fred: Lizzie! Ich habe eine Mutter.

Lizzie: Schnauze! Das kenn ich schon.

Fred *langsam auf sie zugehend*: Der erste Clarke hat allein einen ganzen Wald gerodet; er hat eigenhändig sechzehn Indianer getötet, bevor er in einem Hinterhalt umgekommen ist; sein Sohn hat fast diese ganze Stadt gebaut; er duzte Washington und ist in Yorktown für die Unabhängigkeit der Vereinigten Staaten gefallen; mein Urgroßvater war Chef der Feuerwehr von San Francisco, er hat bei dem großen Brand zweiundzwanzig Personen gerettet; mein Großvater hat sich wieder hier niedergelassen, er hat den Mississippikanal bauen lassen und war Gouverneur des Staates. Mein Vater ist Senator; nach ihm werde ich Senator sein: Ich bin sein einziger männlicher Erbe und der letzte meines Namens. Wir haben dieses Land geschaffen, und seine Geschichte ist unsere. Es gab Clarkes in Alaska, auf den Philippinen, in Neumexiko. Wagst du es, auf ganz Amerika zu schießen?

LIZZIE: Eine Bewegung, und ich leg dich um.

FRED: Schieß! Schieß doch! Siehst du, du kannst nicht. Ein Mädchen wie du kann nicht auf einen Mann wie mich schießen. Wer bist du? Was tust du auf der Welt? Hast du auch nur deinen Großvater gekannt? Ich habe ein Recht zu leben. Es gibt viel zu tun, und man wartet auf mich. Gib mir diesen Revolver. *Sie gibt ihn her, er steckt ihn in die Tasche.* Was den Neger anbelangt, er ist zu schnell gerannt; ich habe ihn verfehlt. *Pause. Er legt ihr den Arm um die Schulter.* Ich werde dich auf dem Hügel auf der anderen Seite des Flusses in einem schönen Haus mit Park unterbringen. Du wirst im Park spazierengehen, aber ich verbiete dir auszugehen: Ich bin sehr eifersüchtig. Dreimal in der Woche werde ich dich, wenn es dunkel ist, besuchen: dienstags, donnerstags und am Wochenende. Du bekommst schwarze Dienstboten und mehr Geld, als du dir je erträumt hast, aber du mußt mir alle meine Launen durchgehen lassen. Und ich habe welche! *Sie überläßt sich etwas mehr seiner Umarmung.* Stimmt es, daß ich dir Lust verschafft habe? Antworte. Stimmt es?

LIZZIE *mit Überdruß*: Ja, es stimmt.

FRED *ihr die Wange tätschelnd*: So, nun ist alles wieder in Ordnung. *Pause.* Ich heiße Fred.

Vorhang

ANHANG

Vorwort zur amerikanischen Ausgabe

Als ich dieses Stück aufführen ließ, hieß es, ich würde mich der amerikanischen Gastfreundschaft gegenüber nicht besonders erkenntlich zeigen. Es hieß, ich sei antiamerikanisch. Das bin ich nicht. Ich weiß nicht einmal, was dieses Wort bedeutet. Ich bin antirassistisch, denn ich weiß, was Rassismus bedeutet. Meine amerikanischen Freunde – unter denen, die mich empfangen haben, all jene, die ich mochte – sind ebenfalls antirassistisch. Ich bin sicher, daß ich nichts geschrieben habe, das ihnen mißfällt oder mich ihnen gegenüber als undankbar erscheinen läßt.

Es hieß, ich hätte den Splitter im Auge des Bruders, aber nicht den Balken im eigenen gesehen. Wir Franzosen haben zwar Kolonien, und unser Verhalten dort läßt zu wünschen übrig. Aber wenn es sich um Unterdrückung handelt, gibt es keinen Splitter und keinen Balken mehr; sie muß angeprangert werden, wo immer sie existiert.

Der Schriftsteller kann auf der Welt nicht viel ausrichten. Er kann nur sagen, was er gesehen hat. Ich habe den Antisemitismus angegriffen. Heute greife ich in diesem Stück den Rassismus an. Morgen werde ich eine Nummer meiner Zeitschrift der Kritik des Kolonialismus widmen. Ich glaube nicht, daß mein Schreiben von großer Bedeutung ist oder daß es irgend etwas ändert oder auch daß es mir viele Freunde einbringt. Gleichviel: ich tue meine Arbeit als Schriftsteller.

Hier also der Stein des Anstoßes. Ich bin froh, daß die Leser von Twice a Year Press die Möglichkeit haben, sich ein Urteil darüber zu bilden, ob ich die Vereinigten Staaten beleidigen wollte oder ob ich nur ein gewisses Verhältnis zwischen Schwarzen und Weißen dargestellt habe, ein Verhältnis, das sich nicht allein auf Amerika beschränkt.

Es wäre merkwürdig, wenn man mich in New York gerade in dem Augenblick des Antiamerikanismus beschuldigte, da mir die *Prawda* in Moskau vehement vorwirft, ein Agent der amerikanischen Propaganda zu sein. Aber wenn es so kommen sollte, bewiese das nur eins: entweder daß ich sehr ungeschickt oder daß ich auf dem rechten Weg bin.

Quellennachweis

La putain respectueuse (Die respektvolle Dirne), Éditions Nagel, Paris 1946. Deutsch unter dem Titel *Die ehrbare Dirne* in der Übersetzung von Ettore Cella zuerst erschienen in: Jean-Paul Sartre, *Dramen*, Rowohlt Verlag, Stuttgart 1949. *Neuübersetzung.*

Préface à la traduction américaine (Vorwort zur amerikanischen Ausgabe) in: *Art and Action*, 10th Anniversary issue 1938–1948, Twice a Year Press, New York, 17. In französischer Rückübersetzung von Michel Contat und Michel Rybalka veröffentlicht in: Jean-Paul Sartre, *Un théâtre de situations* (Herausgegeben von Michel Contat und Michel Rybalka), Gallimard, Paris 1973, 243–244. *Erstübersetzung.*

Aufführungen, Verfilmung, Schallplattenaufnahme und musikalische Bearbeitung

Aufführungen

Die Uraufführung von *La putain respectueuse* fand als Ergänzung zu *Morts sans sépulture* am 8. November 1946 im Pariser Théâtre Antoine in der Inszenierung von Sartre und Michel Vitold und in dem Bühnenbild von André Masson mit folgender Besetzung statt:

Lizzie	Héléna Bossis
Der Neger	Habib Benglia
Fred	Yves Vincent
Der Senator	Robert Moor

Die deutsche Erstaufführung in der Bühnenfassung von H. Rienau fand am 16. April 1949 in den *Hamburger Kammerspielen* in der Inszenierung von Wolfgang Liebeneiner und in dem Bühnenbild von Helmut Koniarsky mit folgender Besetzung statt:

Lizzie	Hilde Krahl
Der Neger	Bruno Karl
Fred	Karl John
Der Senator	Helmut Peine

Verfilmung

La putain respectueuse, französischer Film von Marcel Pagliero und Charles Brabant. Bearbeitung von Jacques-Laurent Bost und Alexandre Astruc. Dialoge von Jean-Paul Sartre und Jacques-Laurent Bost. Musik von Georges Auric. Kamera Eugène Shuftan.
In den Hauptrollen:

Lizzie	Barbara Laage
Der Neger	Walter Bryant
Fred	Ivan Desny
Der Senator	Marcel Herrand

Die Pariser Uraufführung fand am 8. Oktober 1952 statt.

Schallplattenaufnahme

La putain respectueuse, französische Gesamtaufnahme der Pariser Truppe *Les Trétaux* von 1968 (*L'Avant-Scène*).

Musikalische Bearbeitung

Eine *comédie lyrique* von Olivier Bernard wurde im Oktober 1967 im *Théâtre-Maison de la culture* von Caen uraufgeführt.

Bibliographie

Interview: Jacques Marcerou, *Jean-Paul Sartre va faire ses débuts de metteur en scéne avec «La putain respectueuse»* in: *Libération* vom 30. Oktober 1946.

a) Deutsch

Erdmann, G., *«Die ehrbare Dirne». Jean-Paul Sartres Bekenntnis zur Zukunft* in: *Unsere Universität* (Greifswald) Nr. 1, 1953–1954.

Erpenbeck, Fritz, *«Die ehrbare Dirne» von Jean-Paul Sartre in den Kammerspielen der städtischen Theater Leipzig* in: *Theater der Zeit* 9. Jg., Nr. 5, 1954, 40–43.

Frisé, Adolf, *«Die Hölle – das sind die anderen». Zwei deutsche Sartre-Erstaufführungen in den Kammerspielen* in: *Hamburger Allgemeine Zeitung* vom 21. April 1949.

Guthke, Karl S., *Kleists «Zerbrochener Krug» und Sartres «La putain respectueuse»* in: *Die neueren Sprachen* N. F. Nr. 10, 1959, 466–470. Wiederabgedruckt in: *Wege zur Literatur,* Francke Verlag, Bern und München 1967, 55–60.

Heer, Friedrich, *Sartre sieht Amerika* in: *Die österreichische Furche* 4. Jg., Nr. 5, 1950.

Hensel, Georg, *Die ehrbare Anklage* in: *Neue literarische Welt* 4. Jg., Nr. 9, 1953.

Honig, H. C., *Sartres Schauspiel – meisterhaft dargestellt. Zur Aufführung der «Ehrbaren Dirne» in den Kammerspielen der städtischen Theater Leipzig* in: *Heute und Morgen* (Schwerin) Nr. 5, 1954.

Marein, Josef, *Die Hölle und die Dirne. Sartre in den «Kammerspielen», Hamburg* in: *Die Zeit* vom 21. April 1949.

Pete, Jürgen, *Die Hölle – das sind die anderen. Zwei neue Stücke von Jean-Paul Sartre in den Kammerspielen* in: *Hamburger Abendblatt* vom 20. April 1949.

Zimmermann, Hans-Joachim, *Noch einmal Kleists «Zerbrochener Krug» und Sartres «La putain respectueuse»* in: *Die neueren Sprachen* Nr. 10, 1960, 485–488.

b) Andere Sprachen

Alter, André, *Spectacle Jean-Paul Sartre au Théâtre Antoine* in: *L'Aube* vom 19. November 1946.

Ambrière, Francis, *«Huis clos» et «La putain respectueuse»* in: *Paris Comoedia* vom 19. Mai 1953.

Anonymus, *«La putain respectueuse» a été présentée par M. Dupont au Conseil municipal* in: *Combat* vom 6. Dezember 1945.

Anonymus, *Le scandale de «La putain respectueuse»* in: *Le Figaro* vom 21. November 1946.

Anonymus, *M. Sartre's Thriller* in: *The Times Literary Supplement* vom 15. Februar 1947.

Anonymus, *Two Sartre Plays* in: *The Times* vom 18. Juli 1947.

Anonymus, *Sartre's Play* in: *America* vom 28. Februar 1948.

Anonymus, *Sartre on Broadway* in: *Newsweek* vom 29. März 1948.

Anonymus, *New Play in Manhattan* in: *Time* vom 5. April 1948.

Anonymus, *Sartre «Three Plays»* in: *Kirkus* vom 1. Juli 1949.

Anonymus, *«Huis clos» et «La putain respectueuse». Les enfers de Sartre* in: *Démocratie* vom 22. Juni 1961.

Anonymus, *Spécial Sartre. «La putain respectueuse». «Le diable et le bon Dieu»* in: *L'Avant-Scène* Nr. 402–403 vom 1.–15. Mai 1968.

Audouard, Yvan, *«Morts sans sépulture» et «La putain respectueuse» de Jean-Paul Sartre* in: *Libération-Soir* vom 19. November 1946.

Augagneur, Marcel, *Deux pièces de M. Jean-Paul Sartre* in: *France-Soir* vom 20. November 1946.

Baignère, Claude, *Aux Mathurins «La putain respectueuse»* in: *Le Figaro* vom 14. November 1965.

Bauer, Gérard, *Le Théâtre* in: *Revue de Paris* vom 6. Juni 1947, 147–150.

Bentley, Eric, *Sartre's struggle for «Existenz»* in: *Kenyon Review* 10. Jg., Nr. 2, Frühjahr 1948, 328–334. Wiederabgedruckt in: Edith Kern (Hg.), *Sartre. A collection of critical essays*, Prentice-Hall, Englewood Cliffs, New Jersey,1962, 73–79.

Beyer, William, *The state of theatre: new blood* in: *School and Society* vom 28. Februar 1948, 163–168.

Blanquet, Marc, *Jean-Paul Sartre installe l'existentialisme chez Antoine* in: *Opéra* vom 6. November 1946.

Bourgot-Pailleron, Robert, *Revue dramatique* in: *La Revue des deux Mondes* vom 1. Juli 1961, 151–153.

Brisson, Pierre, *Le cas Sartre et le théâtre* in: *Le Figaro littéraire* vom 4. Oktober 1947. Wiederabgedruckt in: *Propos de théâtre*, Gallimard, Paris 1957, 21–53.

Brown, John Mason, *Guignol à la Sartre* in: *Saturday Review of Literature* vom 13. März 1948.

Capron, Marcelle, *Un gala Jean-Paul Sartre à la Comédie-Caumartin* in: *Combat* vom 16. Mai 1953.

Carat, Jacques, *Théâtre Antoine: «Morts sans sépulture» et «La putain respectueuse» par Jean-Paul Sartre* in: *Paru* Nr. 26, Januar 1947, 42–45.

Carr, Philip, *The theatre in Paris* in: *World Review* Dezember 1947, 41–45.

Ewind, James M. Jr., *Sartre's existentialism and «The respectful prostitute»* in: *Southern Quarterly* 7. Jg., Nr. 2, Januar 1969, 167–174.

Fayrol, André, *La peur des mots* in: *Le Monde* vom 10. November 1946.

Fergusson, Francis, *Sartre as playwright* in: *Partisan Review* 16. Jg., April 1949, 407–411.

Fournier, Louis, *Spectacle Sartre* in: *Forces françaises* vom 28. November 1946.

Gabriel, Gilbert W., *«The respectful prostitute»* in: *Theatre Arts* 32. Jg., Frühjahr 1948.

Gandrey-Réty, Jean, *«Morts sans sépulture» ou la putain scandalisée* in: *Arts* vom 22. November 1946.

Gautier, Jean-Jacques, *Au Théâtre Antoine: «Morts sans sépulture» et «La putain respectueuse»* in: *Le Figaro* vom 14. November 1946.

Gibbs, Wolcott, *Hollywood, Shaw and Sartre* in: *The New Yorker* vom 27. März 1948.

Hassan, Albert L., *A production book of Jean-Paul Sartre's «The respectful prostitute»*, University of Maryland 1969.

Jack, Homer, *Censoring Sartre* in: *The Nation* vom 12. März 1949.

Kemp, Robert, *Une affaire «classée»: Les deux pièces de Jean-Paul Sartre* in: *Le Monde* vom 22. November 1946.

Kemp, Robert, *À la Comédie-Caumartin, une soirée Sartre* in: *Le Monde* vom 16. Mai 1953.

Lagarde, Pierre, *«Morts sans sépulture», «La putain respectueuse» de Jean-Paul Sartre* in: *Libération* vom 12. November 1946.

Lang, Renée B., *Sartre. «La putain respectueuse»* in: *French Review* 20. Jg., Nr. 6, 1947.

Las Vergnas, Raymond, *Spectacles de rentrée* in: *Entente* Nr. 58, Dezember 1946.

Le Clec'h, Guy, *«La putain respectueuse» de Sartre prend de grands airs à Caen* in: *Le Figaro littéraire* vom 16. Oktober 1967.

Leclerc, Guy, *Au Théâtre Antoine: «Morts sans sépulture» et «La putain respectueuse»* in: *L'Humanité* vom 20. November 1946.
Lemarchand, Jacques, *«Morts sans sépulture» et «La putain respectueuse» au Théâtre Antoine* in: *Combat* vom 10. November 1946.
Marcel, Gabriel, *Deux pièces nouvelles de Sartre* in: *Les Nouvelles littéraires* vom 21. November 1946.
Marcel, Gabriel, *Deux piéces de Sartre* in: *Les Nouvelles littéraires* vom 21. Mai 1953.
Marshall, Margaret, *«The respectful prostitute»* in: *The Nation* vom 28. Februar 1949.
Maulnier, Thierry, *«La putain respectueuse»* in: *Le Spectateur* vom 19. November 1946.
Mendel, Sidney, *The descent into solitude* in: *Forum* Nr. 3, 1961, 19–24.
Milroy, Vivian, *Two plays by Jean-Paul Sartre* in: *New English Weekly* vom 31. Juli 1947.
Nathan, George J., *«The respectful prostitute»* in: *Theatre book of the year* 1947–48, Knopf, New York 1948, 258–261.
O'Keefe, Winston, *'t is pity she's respectful* in: *Theatre Arts* 33. Jg., Nr. 2, März 1949.
Phelan, Kappo, *The stage and screen: «The respectful prostitute»* in: *The Commonweal* vom 19. März 1948.
Ridge, George R., *Meaningful choice in Sartre's drama* in: *French Review in:* 30. Jg., 1956–57, 435–441.
Rinieri, J. J., *Jean-Paul Sartre: «Morts sans sépulture» – «La putain respectueuse»* in: *La Nef* Nr. 26, Januar 1947, 155–158.
Rose, Marilyn Gaddis, *Sartre and the ambiguous thesis play* in: *Modern Drama* 8. Jg., 1965–66, 12–19.
Sahel, J.-C., *«Morts sans sépulture» et «La putain respectueuse» au Théâtre Antoine* in: *Juin* vom 12. November 1946.

Jean-Paul Sartre: Gesammelte Werke in Einzelausgaben

In Zusammenarbeit mit dem Autor und Arlette Elkaïm-Sartre
begründet von Traugott König
herausgegeben von Vincent von Wroblewsky

Romane und Erzählungen

Band 1: Der Ekel. Roman (Gebunden [Sonderausgabe] und als rororo 581)
Band 2: Die Kindheit eines Chefs. Gesammelte Erzählungen (Gebunden und als rororo 5517)
Band 3: Zeit der Reife. Die Wege der Freiheit 1. Roman (rororo 5813)
Band 4: Der Aufschub. Die Wege der Freiheit 2. Roman (rororo 5935)
Band 5: Der Pfahl im Fleische. Die Wege der Freiheit 3. Roman (rororo 12270)
Band 6: Die letzte Chance. Die Wege der Freiheit 4. Romanfragment (rororo 5692)

Theaterstücke

Band 1/2: Bariona oder Der Sohn des Donners. Ein Weihnachtsspiel – Die Fliegen (rororo 12942)
Band 3: Geschlossene Gesellschaft (rororo 5769)
Band 4: Tote ohne Begräbnis (rororo 12487)
Band 5: Die respektvolle Dirne (rororo 5838)
Band 6: Die schmutzigen Hände (rororo 12485)
Band 7: Der Teufel und der liebe Gott (rororo 12951)
Band 8: Kean (rororo 13260)
Band 9: Nekrassow
Band 10: Die Eingeschlossenen von Altona (rororo 12525)
Band 11: Die Troerinnen des Euripides (rororo 13759)

Drehbücher

Band 1: Das Spiel ist aus (rororo 59)
Band 2: Im Räderwerk (rororo 12207)
Band 3: Freud. Das Drehbuch (Gebunden und als rororo 13607)

Philosophische Schriften

Band 1: Die Transzendenz des Ego. Philosophische Essays 1931–1939 (Gebunden und als rororo 22145)

Band 2: Das Imaginäre. Phänomenologische Psychologie der Einbildungskraft (Gebunden)

Band 3: Das Sein und das Nichts. Versuch einer phänomenologischen Ontologie (Gebunden und als rororo 13316)

Band 4: Bewußtsein und Erkenntnis. Philosophische Essays 1943–1950 (in Vorbereitung). Daraus zur Zeit lieferbar: Bewußtsein und Selbsterkenntnis, rororo 1649)

Band 5: Marxismus und Existentialismus. Versuch einer Methodik (rde 196)

Band 6: Kritik der dialektischen Vernunft 1. Theorie der gesellschaftlichen Praxis (Gebunden)

Band 7: Determination und Freiheit. Philosophische Essays 1961–1969 (in Vorbereitung)

Band 8: Aufzeichnungen zu einer Moral. Aus dem Nachlaß (in Vorbereitung)

Band 9: Kritik der dialektischen Vernunft 2. Die Intelligibilität der Geschichte. Aus dem Nachlaß (in Vorbereitung)

Band 10: Wahrheit und Existenz (Gebunden)

Schriften zur Literatur

Band 1: Der Mensch und die Dinge. Aufsätze zur Literatur 1938–1946 rororo 4260)

Band 2: Baudelaire. Ein Essay (rororo 4225)

Band 3: Was ist Literatur? (rororo 4779)

Band 4: Saint Genet, Komödiant und Märtyrer (Gebunden)

Band 5: Schwarze und weiße Literatur. Aufsätze zur Literatur 1946–1960 (rororo 5199)

Band 6: Was kann Literatur? Interviews, Reden, Texte 1960–1976 (rororo 4381)

Band 7: Der Idiot der Familie 1. Gustave Flaubert 1821–1857. I. Die Konstitution (dnb 78)

Band 8: Der Idiot der Familie 2. Gustave Flaubert 1821–1857. II. Die Personalisation 1 (dnb 89)

Band 9: Der Idiot der Familie 3. Gustave Flaubert 1821–1857. II. Die Personalisation 2 (dnb 90)

Band 10: Der Idiot der Familie 4. Gustave Flaubert 1821–1857. III. Elbehnon oder Die letzte Spirale (dnb 114)

Band 11: Der Idiot der Familie 5. Gustave Flaubert 1821–1857. IV. Objektive und subjektive Neurose (dnb 132)
Band 12: Mallarmés Engagement (Gebunden)

Schriften zu Theater und Film

Mythos und Realität des Theaters. Aufsätze und Interviews 1931–1970 (rororo 4422)

Schriften zur bildenden Kunst und Musik

Band 1: Die Suche nach dem Absoluten. Essays und Interviews 1946–1979 (in Vorbereitung)
Band 2: Tintoretto (in Vorbereitung)

Politische Schriften

Band 1: Paris unter der Besatzung. Artikel und Reportagen 1944–1945 rororo 4593)
Band 2: Überlegungen zur Judenfrage (rororo 13149)
Band 3,1: Krieg im Frieden 1. Artikel, Aufrufe, Pamphlete 1948–1954 (rororo 4904)
Band 3,2: Krieg im Frieden 2. Reden, Polemiken, Stellungnahmen 1952–1956 (rororo 4973)
Band 4: Wider das Unrecht. Die Affäre Henri Martin (rororo 5096)
Band 5: Wir sind alle Mörder. Der Kolonialismus ist ein System. Artikel, Reden, Interviews 1947–1967 (rororo 12271)
Band 6: Plädoyer für die Intellektuellen. Interviews, Artikel, Reden 1950–1973 (rororo 12738)
Sartre/Gavi/Victor: Der Intellektuelle als Revolutionär. Streitgespräche (rororo 1994)

Autobiographische Schriften

Band 1: Die Wörter (Gebunden und als rororo 1000)
Band 2: Sartre über Sartre. Aufsätze und Interviews 1940–1976 (rororo 4040)
Band 3: Sartre. Ein Film von Alexandre Astruc und Michel Contat (dnb 101)

Tagebücher

Tagebücher November 1939 – März 1940 (rororo 13292)

Briefe

Briefe an Simone de Beauvoir 1. 1926–1939 (rororo 5424)
Briefe an Simone de Beauvoir 2. 1940–1963 (rororo 5570)

Reisen

Band 1: Königin Albemarle oder Der letzte Tourist (Gebunden und als rororo 13293)

Zu Sartres Leben und Werk sind erschienen:

Walter Biemel: Jean-Paul Sartre mit Selbstzeugnissen und Bilddokumenten (rowohlts monographien 87)

Annie Cohen-Solal: Sartre. 1905–1980 (Gebunden und als rororo 12950)

Traugott König (Hg.): Sartres Flaubert lesen. Essays zu «Der Idiot der Familie» (dnb 116)

Traugott König (Hg.): Den Menschen erfinden. Sartre-Lesebuch (Gebunden und als rororo 13004)

Traugott König (Hg.): Sartre. Ein Kongreß (re 475)

Axel Madsen: Jean-Paul Sartre und Simone de Beauvoir. Die Geschichte einer ungewöhnlichen Liebe (rororo 4921)

Marius Perrin: Mit Sartre im deutschen Kriegsgefangenenlager / Jean-Paul Sartre: Mathieus Tagebuch. Ein Fragment/Bariona oder Der Sohn des Donners. Ein Weihnachtsspiel (rororo 5267)

Gesammelte Werke Jean-Paul Sartres

in acht preiswerten Taschenbuchkassetten

Kassette 1 Schriften zur Literatur (8 Bände, bereits erschienen)
Kassette 2 Romane und Erzählungen (4 Bände, bereits erschienen)
Kassette 3 Theaterstücke (9 Bände, bereits erschienen)
Kassette 4 Drehbücher
Kassette 5 Politische Schriften (4Bände, bereits erschienen)
Kassette 6 Autobiographische Schriften, Briefe, Tagebücher (6 Bände, bereits erschienen)
Kassette 7 Philosophische Schriften
Kassette 8 Schriften zur bildenden Kunst und Musik. Reisen

Literatur für KopfHörer

Christian Brückner liest *Die Kindheit eines Chefs*
3 Toncassetten im Schuber, 223 Minuten Spieldauer
(rororo 66014)